Figaro et Charenton

LES FOUS

JOURNALISTES

ET LES

JOURNALISTES

FOUS

LITTÉRATURE COMPARÉE

FIGARO

On dirait qu'une immense douleur les a frappés tous et qu'ils portent au front l'empreinte d'un doigt fatal qui leur a broyé le crâne....................
Ils ne vivent pas, ils végètent, *ils ne pensent pas*, c'est à peine s'ils éprouvent lourdement et par éclairs.....

Georges MAILLARD.

GLANEUR

....
Le grand format nous juge mal.
Pour que tous les journaux aient erré sur ce thème
Il faut certainement qu'ils n'aient plus leur raison
C'est pourquoi nous croyons *nous-même*
Qu'il leur faut revoir Charenton.

UN ALIÉNÉ.

MORCEAUX DE PROSE ET DE POÉSIE COMPOSÉS PAR DES ALIÉNÉS

ET RECUEILLIS

PAR H. SENTOUX

Ancien Interne de l'Asile d'aliénés de Toulouse et de la Maison impériale de Charenton.

PARIS
HURTAU, LIBRAIRE-EDITEUR
GALERIES DE L'ODÉON. 12-13.

1867

AU

DOCTEUR BONENFANT

ANCIEN INTERNE DE L'ASILE D'ALIÉNÉS DE TOULOUSE,

MÉDECIN A SARCELLES.

« MON AMI,

« Te voilà, depuis deux ans, engagé dans cette carrière où l'on sème tant de bienfaits, où l'on récolte, — m'a-t-on dit, — tant d'ingratitudes. En as-tu déjà souffert?

« Bientôt je vais en souffrir comme toi, plus que toi même. Car, si je voue ma vie médicale aux asiles d'aliénés, j'aurai constamment sous les yeux ces misères qui déshonorent le cœur humain : « Plus d'une fois, me disait un aliéniste, il « m'est arrivé de penser en voyant des gens se cacher ou fuir « devant moi : voilà un fou ou les parents d'un fou que j'ai « guéri ! Plus d'une fois, il m'est arrivé de me dire, en apprenant qu'un tel m'a vilipendé : un tel ! mais c'est le fils, le « neveu, le père, l'oncle, le cousin ou l'ami de ce paralytique « que j'ai soigné comme un frère ! Il était incurable : *inde iræ*. »

« La spécialité dont j'ai fait mon étude de prédilection a, tu le sais, des amertumes sans égales. Au moment de l'aborder et de lui consacrer mon existence tout entière, pourrais-je me faire illusion sur les déboires dont je ne peux qu'être abreuvé? Je suis à peine arrivé sur le seuil des asiles et j'ai déjà, moi chétif, fait des ingrats! il m'arrive tous les jours d'en coudoyer, car tous les jours je rencontre dans les rues de Paris des parents de malades, des malades même sortis guéris de Charenton; et je vois ceux d'entre eux auxquels j'avais rendu le plus de services se détourner à mon aspect, craignant qu'un simple salut ne soit pour les passants un indice révélateur de leur ancien état de folie. Mais qu'est-ce que cela? J'ai vu des choses plus pénibles : j'ai vu des malheureux retourner contre ceux qui la leur avaient en partie rendue, cette intelligence que, sans doute, ils n'avaient jamais cru compromise. Je le sais donc par ma propre expérience : au sein des asiles, il faut qu'un aliéniste sache braver autour de lui les haines et les dangers que la folie engendre si souvent. Au dehors, il faut qu'il sache se passer de la reconnaissance publique, et qu'il s'habitue même à la dédaigner, puisque « il est parfois de son devoir de braver l'opinion qui la dispense » (1).

Je la brave aujourd'hui, ou plutôt je brave quelques-uns de ceux qui se disent et se croient ses organes, dans cet opuscule que je te dédie comme un souvenir du temps heureux de nos études médicales, comme un témoignage et un gage de mon inaltérable amitié.

« On parle des amis de collége; mais ils se dispersent, se perdent de vue et s'oublient ! Nous, au contraire, pourrons-nous oublier jamais les douces heures que nous avons passées ensemble à l'asile d'aliénés de Toulouse ? Non, les amis d'hôpital ne s'oublient pas. C'est qu'au moment de se quitter, ayant vu les hommes de près et les connaissant au moral presque autant qu'au physique, les jeunes médecins, les aliénistes surtout, ont le pressentiment qu'ils *ont besoin* de s'aimer, pour se soutenir à l'occasion les uns les autres. Il est si nécessaire, il est si bon aux heures de découragement de pouvoir se dire que, pour si isolé, incompris ou méconnu qu'on soit, on a quelque part dans le monde un *ami* qui vous comprend, qui vous juge à votre valeur, et qui s'associe de tout cœur aux efforts que vous faites pour propager des vérités utiles.

« Tu vois dans quel esprit je t'adresse ma dédicace : je cherche près de toi la force morale dont on a besoin quand on s'engage dans une voie périlleuse.

« Je m'attaque aujourd'hui aux préjugés que nourrit le

(1) Cabanis.

monde et qu'entretient la presse contre les aliénés et les asiles. Certains magistrats partagent ces préjugés; dès qu'ils entendent un fou raisonner d'une façon quelque peu suivie, ils ne veulent pas admettre la maladie qui a pu le porter à quelque acte violent, et ils le condamnent comme un malfaiteur. Je me propose de démontrer leur ignorance dans un prochain travail qui aura pour titre : *Des aptitudes intellectuelles des aliénés.*

« Il n'y a pas longtemps, un président de tribunal prononçait en pleine audience ces paroles d'une ignorance coupable, puisqu'elles sont de nature à faire condamner un fou, un irresponsable, un innocent ! « L'accusé n'est pas fou : s'il était « fou, il ne se rappellerait pas les circonstances de son crime ; « s'il était fou, il ne répondrait pas aussi nettement à nos « questions. »

« Comme réponse à ces paroles, je me propose de mettre sous les yeux du public des productions intellectuelles remarquables où il n'y a pas trace de folie, quoiqu'elles aient été composées *en plein délire*. En regard de chaque écrit, je placerai cette fois l'observation médicale de son auteur avec tous les détails qui caractérisent son état mental.

« Pour si faibles, pour si dédaignés que puissent être ces Essais, tu en verras avant tout le but, et, à ce titre, tu applaudiras, sinon à mes succès, du moins à mes bonnes intentions.

« Les *gens du monde*, ne comprenant pas sans doute qu'on se dévoue à une œuvre aussi pénible qu'ingrate, traitent généralement les aliénistes de fous; « ils le deviennent quand ils ne le sont pas, » disent les gens même qui s'empressent d'avoir recours à eux à la première hallucination.

« Les *magistrats*, ceux du moins qui n'entendent rien à la folie, leur reprochent de voir dans presque tous les accusés des malades et des fous.

« Les *journalistes* les accusent de retenir illégalement séquestrés des hommes sains d'esprit ou des fous *inoffensifs*.

L'*administration* est souvent disposée à leur faire un crime d'avoir laissé sortir des fous *dangereux*, toutes les fois qu'un ancien malade guéri, redevenant fou, commet quelque délit, quelque vol ou quelque meurtre.

« Les *aliénés*, — qui n'en connaît des exemples? — se jettent quelquefois sur eux : combien sont déjà tombés, mortellement frappés !

Enfin, et pour comble, des *Maillard* les appellent impudents, ignares, bourreaux !

Et, malgré tout, les aliénistes ne se rebutent pas !

« Et chacun peut les voir, dédaigneux du blâme injuste comme ils le seraient des vains applaudissements, continuer leur œuvre modeste d'humanité, d'abnégation et de progrès. Quoi qu'on fasse, quoi qu'on dise, on les verra toujours sur la brèche!

A ceux qui seraient tentés de s'apitoyer sur leur existence sacrifiée d'avance aux luttes âpres de la conscience et du devoir, toi qui les connais pour avoir vécu de leur vie, tu pourras dire : « Vous les plaignez peut-être! Ah ! c'est vous « sans doute qu'il faut plaindre, si vous ne sentez pas que ce « dévouement porte avec lui son salaire, et que l'état de l'âme « qui l'inspire est accompagné des plus douces comme des « plus nobles jouissances (1) ! »

(1) Cabanis.

I

PRÉAMBULE

LES JOURNALISTES FOUS

Oh ! si chacun de nous avait l'art de se connaître soi-même, si chacun de nous se rendait compte de sa force et de sa faiblesse, si chacun de nous se condamnait rigoureusement à ne parler que sur les questions de son ressort, nous réaliserions bien vite le plus grand progrès intellectuel dont l'espèce humaine soit aujourd'hui capable ; et chacun disant ce qu'il sait, tous, nous saurions ce que nous disons ; tous nous serions des hommes véritables.

Que d'erreurs, que d'âneries emphatiques seraient évitées par cette simple méthode !.....

Frédéric MORIN

Dès le début de nos études sur la folie, nous avons été frappé bien moins par les extravagances des aliénés que par celles qu'on débite sur leur compte. Des écrivains fantaisistes nous donnent journellement le spectacle des égarements auxquels peut s'abandonner l'esprit le mieux doué quand il n'a d'autre guide que *la folle du logis*. L'imagination ne peut en effet qu'entraîner bien loin, au delà du sens commun, les téméraires qui ne craignent pas de s'aventurer dans le domaine des idées qui leur sont le plus étrangères. Nous avons peine à nous expliquer comment des hommes qui se prennent au sérieux dissertent sans préparation sur toute espèce de sujets, abordent même les plus difficiles, ceux dont la connaissance exige une observation patiente et une étude opiniâtre : « Mon vulgaire Perigordin, dit Montaigne, appelle fort plaisamment *Lettre-ferits* ces sçavanteaux ; comme si vous disiez *Lettre ferus*, ausquels les lettres ont donné un coup de marteau. De vray, le plus souvent ils semblent estre ravalez, mesme du sens commun; car le païsan et le cordonnier, vous leur veoyez aller simplement et naïsvement leur train, parlant de ce qu'ils sçavent; ceulx-ci, pour se vouloir eslever et gendarmer de ce sçavoir, qui nage en la superficie de leur cervelle, vont s'embarrassant et empestrant sans cesse. »

Rien de plus plaisant que de voir *certains* journalistes empêtrés ainsi dans les questions médicales. L'aliénation mentale, entre autres, a depuis quelques années le privilége d'en empêtrer un grand nombre. Avouons, en toute humilité, que c'est un médecin, le Dr Turck, qui s'y est empêtré le premier. A sa suite, les moutons de la Presse se sont lancés à l'aventure, en pleine folie, comme jadis se lancèrent en pleine mer les moutons de Panurge, «crians et bellans en pareille intonation.» Tout comme entre les susdits moutons quand « ils commencaient soy iecter et saulter en mer à la file, la foule estoyt à qui premier saulteroyt » parmi les susdits journalistes; chacun d'eux tenant à paraître au moins aussi fort qu'un Turck.

Il n'y aurait lieu que d'en rire s'ils s'en étaient tenus à de simples divagations. Mais nos seigneurs, les *sçavanteaux* —journalistes en question, sont tous des philanthropes : à ce titre, et afin qu'on ne l'oublie, il faut qu'ils bataillent, il faut qu'à défaut d'adversaires réels ils frappent d'estoc et de taille — au nom de l'humanité — sur des ennemis imaginaires. Ces Don Quichotte de la philanthropie, se plantant devant les asiles, comme autrefois leur patron devant les moulins, se sont donc escrimés et s'escriment encore contre eux.

En voyant comme ils les attaquaient, nous étions surpris que pas un aliéniste ne leur répondît; nous en étions indigné presque, et, ne sachant pas encore le fin mot de la question, nous nous disions avec le public : «Pour que pas un directeur d'asile ne se hasarde à répondre, il faut bien qu'il y ait quelque chose là-dessous.»

Plus tard, quand nous eûmes visité bon nombre d'asiles, et connu la plupart des aliénistes, nous songeâmes à cette anecdote que nous avions lue dans Montaigne : «Phocion, à un homme qui luy troubloit son propos en l'iniurant asprement, n'y feit aultre chose que se taire, et luy donner tout loysir d'espuiser sa cholère : cela faict, sans aulcune mention de ce trouble, il recommencea son propos en l'endroict où il l'avoyt laissé. Il n'est réplique si picquante comme est un tel mespris.»

Aujourd'hui que, perdant nous-même patience, nous avons voulu relever des calomnies qui seraient infâmes si elles n'étaient avant tout ridicules, nous voyons ce qu'il en est, et nous nous expliquons enfin pourquoi nous n'avons jamais trouvé dans les journaux la moindre réplique à leurs attaques. Nous en avons fait la triste expérience : on ne peut pas répondre à ces autocrates.

On saura comme nous à quoi s'en tenir si l'on veut bien lire la lettre suivante ;

A Monsieur le Rédacteur en chef du Figaro.

Monsieur,

Je fais presque tous les jours ma lecture favorite du *Figaro;* mais je le lis en homme pressé, ne m'appesantissant que sur certains articles, ceux de MM. Rochefort, Wolf, Guillemot, etc., entre autres, mes préférés. C'est ce qui vous expliquera comment, ayant lu le *Figaro* du 24 avril dernier, je n'avais pas vu l'article de M. Georges Maillard sur les aliénistes. En ma qualité d'ancien interne de la maison impériale de Charenton, cet article m'intéressait pourtant au plus haut degré.

On vient de me le montrer.

Cet article est — je vous le prouverai — tellement injuste, et — vous le savez — tellement injurieux pour les aliénistes, mes anciens maîtres, que j'ai cru devoir y répondre. La réponse faite, je l'ai montrée à des hommes compétents, à des journalistes qui tous ont été unanimes dans cette opinion : *le Figaro refusera de l'insérer.* Je me suis alors adressé à plusieurs rédacteurs de plusieurs journaux. Tous m'ont écouté avec bienveillance, quelques-uns m'ont obligeamment proposé de publier ma *lettre au Figaro*, si je voulais en retrancher ce qu'elle a de trop personnel pour M. Maillard.

Je n'ai pu y consentir.

J'avoue que le ton de la réponse est en harmonie

avec celui de l'attaque; répondant à un homme qui appelle mes maîtres *ignares*, *impudents*, *geôliers*, et qui traite de *bourreaux infâmes* les infirmiers que j'ai été à même d'estimer, j'ai dû me monter au diapason de l'insulteur. Pourtant je n'ai pas été aussi loin que lui; et, quoi que j'aie dit, je suis du moins resté dans les limites de la vérité, en prouvant qu'il les a outrepassées de tout point.

J'ai donc essayé, Monsieur le rédacteur en chef, de répondre au *Figaro* par la voie d'un autre journal, et je n'ai pu y parvenir.

En dernière ressource, n'ayant aucun autre moyen de détromper l'opinion publique égarée, j'en appelle à votre bonne foi qui a sans doute été surprise comme l'est celle du public; car, pour que vous ayez pu laisser passer les injures de votre rédacteur, vous avez dû vous figurer que — loin de porter à faux — elles avaient leur raison d'être: vous croyez par conséquent à la compétence de M. Maillard en ces matières.

Vous plaîrait-il, Monsieur, de me faire l'honneur d'écouter vous-même ma réponse au *Figaro?* J'y produis des documents à l'aide desquels je prouve que votre rédacteur est aussi loin de la vérité, lorsque, à propos des aliénistes, il écrit : « *Ils se vantent..... pas de guérison..... la science est impuissante.....* » qu'il l'était dans son article précédent (*un Concert à Charenton*), lorsqu'il disait des aliénés : « *Ils ne pensent pas.* »

Ils ne pensent pas! Avec son gros bon sens, le

vulgaire les juge mieux, puisqu'il dit d'eux : *Leur cerveau travaille.* L'expression court les rues, mais elle est juste. S'il en eût compris la portée, au lieu de dire : « *Ils ne pensent pas,* » M. Maillard eût dit : « *Ils pensent trop.* »

Vous êtes, Monsieur le rédacteur en chef, un amateur éclairé des curiosités littéraires : à ce titre, permettez-moi de vous recommander la littérature, souvent très-remarquable, de quelques journaux, tels que *the New-Moon*, *the York-Star*, *the Opal*, qui sont rédigés et imprimés par les malades eux-mêmes dans les murs de plusieurs asiles d'aliénés en Angleterre. Quant à Charenton, — comment votre rédacteur, à la piste d'étrangetés, n'en a-t-il pas rapporté celle-ci? — à Charenton, du temps que j'y étais interne, les malades y rédigeaient aussi, mais seulement pour leur distraction personnelle, un journal : *le Glaneur de Madopolis* (A), où ils ne se faisaient pas faute de railler les Maillard de la Presse. Jugez-en par l'extrait suivant qui vous plaira, j'ai lieu de le croire, en voyant au bas de votre caricature : *Faites de ma* TÊTE *ce que vous voudrez, mais vous m'en raconterez* UNE BONNE :

Les fous ont de la renommée ;
On en parle partout, même au Petit Journal,
Et quoiqu'au grand format la folie soit pommée,
Le grand format nous juge mal.
Pour que tous les journaux aient erré sur ce thème,
Il faut certainement qu'ils n'aient plus leur raison :
C'est pourquoi nous croyons *nous-même*
Qu'il leur faut revoir Charenton.

Comme vous voyez, les *fous journalistes* appellent carrément les *journalistes fous*. *Est-elle assez bonne*, venant de ces « *malheureux* », que leur biographe M. Maillard a dépeints : « *vivants par le corps et morts par la pensée ?* »

Certes, vous conseilleriez à M. Maillard de revenir à Charenton, d'accord sur ce point avec vos confrères les *fous journalistes* qu'il n'a pas vus d'assez près, si vous vouliez bien écouter la lecture des documents que j'ai opposés à ses assertions, et juger ainsi par vous-même de quel côté sont les ignares et les impudents, *puisque impudents et ignares il y a*.

Quelle que soit l'affection que vous ayez pour votre rédacteur, vous voudrez bien m'excuser si je le malmène quelque peu, en vous rappelant à quel point il nous a malmenés lui-même ; et vous daignerez, j'espère, m'entendre jusqu'au bout, si vous êtes fidèle à cette devise, que tout directeur de journal devrait faire graver, en lettres d'or, à la porte de ses bureaux :

Amicus Plato, sed magis amica veritas.

J'ai l'honneur d'être, M. le Rédacteur en chef, un de vos lecteurs.

Henri Sentoux,
Ancien interne de la maison de Charenton.

N.B. Je me tiens à votre disposition, et suis prêt à vous lire, au jour et à l'heure que vous voudrez bien m'indiquer, la réponse aux articles de M. Maillard, publiés dans les nos 7 et 159 du *Figaro*.

Comme j'aurais dû m'y attendre, M. de Villemessant a fait la sourde oreille ; espérant ainsi couper court à cette affaire, il s'est renfermé dans un silence aussi habile que peu délicat.

C'est que, depuis qu'il a fait fortune, *Figaro* devient *politique*. Ce n'est plus un Barbier petit format, c'est maintenant un Personnage aux grandes allures (1). Comme tel, il n'admet plus la contradiction, et, dans sa correspondance, il publie seulement les éloges que des thuriféraires lui brûlent sous le nez : aussi a-t-il supprimé son ancienne *épigraphe*, où se trouvaient ces mots devenus gênants : *sans la liberté de blâmer, il n'est point d'éloge flatteur*. Quoiqu'il n'en ait point encore pris une nouvelle, nous connaissons la seule qui lui convienne *en politique*. Beaumarchais a pris soin de nous dire comment son héros l'entend :

« Feindre d'ignorer ce qu'on sait, de savoir tout « ce qu'on ignore; d'entendre ce qu'on ne comprend « pas, de ne point ouïr ce qu'on entend; surtout de « pouvoir au delà de ses forces.....; voilà toute la « politique.... » du *Figaro*.

C'est du moins celle dont il use avec nous. Nous voulions lui prouver qu'il ignore tout ce qu'il feint de savoir en aliénation mentale ; nous avons tout fait pour nous faire ouïr, il a fait semblant de ne pas nous entendre.

(1) ..... ami Figaro....., tu deviens un citoyen tout à fait sérieux..... Te voici un homme politique..... Enfin te voilà donc arrivé..... (Albert Wolf, *Figaro* politique et littéraire, n° 1.)

Sachez-le donc, aliénistes, et vous tous indifférents, amis ou ennemis de Figaro : si dans son humeur arrogante le Barbier parvenu vous attaque un jour ou l'autre, il est inutile de lui demander la rétractation qui seule peut satisfaire un homme calomnié. Vous vous croyez insultés? Pas d'explications devant le public ! La seule satisfaction qu'on pourra vous offrir, c'est d'aller vous couper la gorge, au coin de quelque bois, en présence de quatre témoins : quatre témoins, quand l'insulte a été faite devant cinquante-trois mille. Quelle réparation !

De la sorte
Aux yeux des abonnés on a toujours raison.

O Figaro, j'admire *ta politique !*

Que ceux qui l'admirent comme moi, admirent aussi la malice, la finesse et le bon goût de ses injures :

MODÈLE DU GENRE.

Figaro, Mercredi, 24 avril 1867, n° 159.

Voyez Jobert. C'était un savant; hier ce n'était plus qu'un hébété, aujourd'hui c'est un cadavre.

Et ce qui est le plus douloureux, pas de remède, pas de palliatif, pas d'espoir de guérison ! Quoi qu'on ait dit, la science est impuissante, et les spécialistes se vantent quand ils insinuent, car ils n'osent pas le soutenir nettement, qu'ils connaissent le secret de la guérison de cet effroyable mal. Ils n'en savent pas les premiers mots, et tout leur savoir se résume à l'incarcération de leurs malades ; ils les enferment, et tout le traitement se résume là, en définitive, et en allant au fond des choses : l'isolement, — non pas l'isolement absolu peut-être, mais quelque chose de pis encore, — l'isolement des fous entre eux.

Belle science, vraiment, qui se dresse à bon droit dans son orgueil dédaigneux ! Conduisez votre père ou votre frère à ces savants, et vous verrez ce qu'ils en feront et le beau résultat qu'ils obtiendront : un pauvre cadavre amaigri, épuisé par le jeûne, et..., c'est affreux à dire, portant quelquefois, — le fait est vrai, *je le sais*, — les stigmates de la lâche cruauté des bourreaux infâmes qu'on avait préposés à la garde de ce malheureux insensé.

On ne connaît pas le remède? Alors de quel droit et dans quel but des maisons *spéciales?* et quelle utilité d'y entretenir des médecins à demeure? Le premier geôlier venu en fera autant que toute la Faculté réunie, s'il ne s'agit que d'enfermer des malheureux privés de raison et de les mettre à la diète? et si le zèle de l'administration qui dirige ces maisons ne va pas seulement jusqu'à empêcher les valets qui gardent les pensionnaires de les torturer ignominieusement quand leurs cris les empêchent de dormir.

Ceci n'est dit qu'incidemment, à propos de la mort du Dr Jobert de Lamballe, et n'a aucunement trait à l'homme illustre qui vient de mourir et à la maison dans laquelle il a été soigné dans les derniers temps de sa vie.

Ce qui précède n'est que l'expression d'un sentiment sincère d'indignation et de révolte contre certains établissements, sentiment basé sur la connaissance de faits malheureusement incontestables pour nous, car ils nous touchent, pour ainsi dire, personnellement.

On nous objectera sans doute, car nous nous attendons à une réponse, — on n'attaque pas en vain les spécialistes si ignares qu'ils puissent être, — que la surveillance est très-sévère dans les maisons de santé, et que les gardiens ont pour les malades le soin le plus tendre et le plus assidu. On affirmera impudemment que les pensionnaires sont traités avec *la plus grande douceur*, et que les familles peuvent être assurées, etc., et autres sornettes connues.

A cela, nous objecterons, s'il en est besoin, des exemples si affreux....

Mais en voilà trop sur ce sujet. Nous en dirions trop. Passons.

Il est des choses si graves et si pénibles qu'il vaut mieux les éviter ; on irait trop loin et cela ne produirait malheureusement aucune amélioration au déplorable état de choses actuel.

Georges MAILLARD.

Les médecins seront de notre avis, cet article ne justifie que trop notre titre : les JOURNALISTES FOUS.

On ne fera pas aux aliénés l'injure de le prendre pour un extrait du *Glaneur :* c'est un extrait bien authentique du *Figaro*. Nous avons tenu à le reproduire pour qu'il puisse servir à l'étude comparée de la littérature des FOUS JOURNALISTES et des JOURNALISTES FOUS.

II

RÉPONSE AU FIGARO

FIGARO ET CHARENTON

A Monsieur H. de VILLEMESSANT,
Rédacteur en chef.

Ne sutor ultrà crepidam !

« Le *Figaro* veut des victimes !

« Mystifié par la spirituelle lettre de M. Henri Foubert (1), — l'introuvable interne de la Charité, — impatient de venger l'affront fait à son amour-propre, et ne sachant à qui s'en

(1) Voici cette lettre, prise au sérieux et publiée *in extenso* par *le Figaro* (n° 138) :

Paris, le 30 mars 1867.

Monsieur le rédacteur en chef,

La publicité qu'nn de vos rédacteurs a donnée à l'opération pratiquée par notre vénéré maître le professeur Velpeau, est trop considérable pour que nous ne regardions pas comme un devoir de relever quelques inexactitudes dont l'acceptation tacite pourrait compromettre l'illustre chirurgien et ses aides.

Ce n'est pas le *maxillaire inférieur*, mais bien l'*os hyoïde* au niveau de l'insertion du *muscle solédire*, qui a été réséqué, et les relations de cet os avec les filets carotidiens du *deltoïde* expliquent, contrairement aux assertions *a priori* de M. Covielle, du *Nord*, comment le malade n'a pas échappé à la douleur.

En second lieu, si le malade n'a pas été soumis à l'influence des anesthésiques, c'est moins pour les raisons qui ont été indiquées par M. Boyer, raisons très-valables, du reste, que pour éviter le décubitus de la langue, qui, projetée dans l'extrémité supérieure des bronches, déterminerait l'asphyxie.

L'observation est du reste fort bien prise et méritait de trouver place dans vos colonnes. Si nous réclamons de votre obligeance l'insertion de cette lettre, ce n'est que pour faire connaître aux médecins qui vous lisent les détails précis sur un fait qui a intéressé toute la France.

Veuillez agréer, etc.

Henri Foubert,
Interne à la Charité.

prendre, il a fait appel à ses pourfendeurs, ou pour mieux dire à ses rasoirs. Frais émoulu du catéchisme à propos duquel il nous a rasés l'autre jour, encore plein du souvenir des rudes leçons d'un prêtre-soldat, le rasoir Maillard — de son ton le plus tranchant — a dit : « Sapoperlipopette (1)! » Hérode, pour se débarrasser du Messie, fit massacrer tous les enfants mâles; nous aussi, faisons un massacre! massacrons tout le corps médical!! Que l'interne Foubert ne puisse nous échapper!!! »

« Et fermant le poing, baissant la tête, il a ajouté : « Sur « qui vais-je tomber d'abord? sur les médecins, sur les chi- « rurgiens, ou sur les spécialistes? »

« Le camarade ébréché par Foubert s'est écrié : « Méfiez-vous, ou vous allez vous couper! Ne frappez qu'à bon es- « cient, étudiez avant tout votre adversaire, choisissez bien « votre terrain...... »

« — Mon choix est fait! a hurlé l'exterminateur : je vais commencer par les aliénistes. J'ai été à Charenton, j'ai vu de près les aliénés, donc je les connais.

« — Leur avez-vous parlé?

« — Ce que j'ai vu, *je le sais. Les alienés ont quelque chose de la résignation morne des bœufs attelés à la charrue.* Pourquoi ne les débarrasse-t-on pas de *la bête inexorable qui ronge leur cerveau?* Le Directeur de Charenton nous reçoit bien quelquefois, mais quel journaliste a jamais dîné chez les médecins? *Alors de quel droit et dans quel but des maisons spéciales? et quelle utilité d'y entretenir des médecins à demeure?*

« — Je me le demande! » grondait chaque estomac mû par un sentiment sincère d'indignation et de révolte contre les médecins et leur diète.

« Alors levant le poing, dressant la tête, le démolisseur Maillard s'est écrié : « Patron futur des poissardes, apôtre des

(1) Juron familier à l'abbé Hugon, le prêtre-soldat. (Voir le *Figaro*, mois d'avril.)

« forts, chérubin des halles, ô Veuillot! toi qu'a peint le poëte
« en ces vers :

. . . . il piaffe en pleine boue.
Et voyant qu'on se sauve il dit : comme ils ont peur !

« Archange Veuillot, prête-moi tes puissantes armes ! On a osé manquer de respect au *Figaro*, ton sacré soutien ! Soutiens à ton tour en moi le jeune et bouillant athlète qui s'apprête à le venger. Je vais éclabousser, cracher, assommer à ton exemple : « O maître, prête-moi ta plume, ta gueule et ton poing ! »

« Il dit. Soudain son poing contracté grossit, sa langue — cette âme des rasoirs-journalistes — s'affile, sa plume pousse. Les ailes de l'archange l'élèvent bientôt au-dessus du commun des mortels; le voilà déjà fort entre les forts... en gueule! »

Telles sont, Monsieur le Rédacteur en chef, les réflexions qui ont égayé vos lecteurs du Quartier-Latin à la lecture de l'inqualifiable article de votre collaborateur, M. Georges Maillard.

A propos de la mort du professeur Jobert, il injurie les aliénistes qu'il traite d'*ignares* et les gardiens des asiles qu'il appelle *bourreaux*. Il espère une réponse, il la provoque même à grand renfort d'épithètes blessantes « *Nous nous attendons*, dit-il, *à une réponse — on n'attaque pas en vain les spécialistes si* IGNARES *qu'ils puissent être. . . . . Ils affirmeront* IMPUDEMMENT. . . . . etc. »

Je viens, Monsieur, relever le gant.

Ma réponse sera bien plus que votre provocation « *l'expression d'un sentiment sincère d'indignation et de révolte;* » car rien n'est révoltant comme ces calomnies basées sur l'ignorance la plus incroyable des questions médicales, que les Maillard de la presse s'avisent de traiter *ex abrupto* avec une outrecuidance ou une mauvaise foi sans égales.

Je ne parle pas au nom des aliénistes. Le *Figaro* les attaque grossièrement, j'espère bien que pas un ne lui fera l'honneur de se colleter avec lui. Si j'appartenais au service des aliénés, le *Figaro* ne manquerait pas de dire que je lutte *pro aris et focis;* sans doute qu'il a compté sur cet argument pour faire prendre en suspicion la réplique qu'il attend. N'étant attaché à aucune maison spéciale, que de reconnaissance et de souvenir, les insolences de M. Maillard ne m'atteignent pas; autant que lui je suis désintéressé dans la question : je parle au nom de la vérité.

Le *Figaro* a dit : « *Le premier geôlier venu en fera autant que toute la Faculté réunie.....;* moi qui ai vu les aliénistes à l'œuvre, je proteste, — hautement et de toute la force de mon admiration pour leur dévouement à la science et à l'humanité.

Le public va juger de quel côté sont les *impudents :*

« *Pas de remède, pas de palliatif, pas d'espoir de guérison,* affirme le *Figaro. Quoi qu'on ait dit, la science est impuissante, et les spécialistes se vantent quand ils insinuent, car ils n'osent pas le soutenir nettement, qu'ils connaissent le secret de la guérison de cet effroyable mal. Ils n'en savent pas le premier mot, et tout leur savoir se résume à l'incarcération de leurs malades.....* »

Que l'on se donne la peine d'ouvrir le nouveau *Dictionnaire des Sciences médicales* publié sous la direction de M. le Dr Dechambre. A l'article *Aliénés*, page 73, voici ce que l'on peut lire :

« Que l'aliénation en général soit susceptible de guérison, c'est ce qui ne peut être sérieusement mis en doute.....

« Dans un ensemble d'asiles, au nombre de 61, appartenant à la Grande-Bretagne, à l'Irlande, aux États-Unis de l'Amérique du Nord et à divers pays du continent de l'Europe, sur un total de 127,771 admissions comprenant des cas d'*aliénation mentale de toute espèce*, 52,947 guérisons ont été obtenues.....

« De 1835 à 1843, dans l'asile de la Seine-Inférieure, sur 1,118 admissions ne comprenant que les cas de *folie simple* aiguë (*manie*, *mélancolie*, *monomanie*), on a obtenu 648 guérisons, 58 sur 100 ! »

La réponse est-elle assez *nette ?*

« *On ne connait pas le remède !* poursuit le *Figaro*. *Alors de quel droit et dans quel but des maisons spéciales ? et quelle utilité d'y entretenir des médecins à demeure. Le premier geôlier venu en fera autant que toute la Faculté réunie s'il ne s'agit que d'enfermer des malheureux privés de raison et de les mettre à la diète.....*

La réponse du *Dictionnaire* (page 72-73) est péremptoire :

« Des essais de traitement *à domicile* ont été le plus souvent tentés sans le moindre succès et même au détriment des malades, quoiqu'on ait réalisé les conditions favorables au traitement de la folie, même au prix de sacrifices d'argent illimités. S'il en est ainsi du traitement à domicile pour les riches, que penser de ce traitement pour les classes peu aisées ou pauvres ? . . . . .

« . . . . . La proportion des guérisons est d'autant plus grande que la maladie a duré moins longtemps, et est par conséquent moins ancienne au moment de l'entrée. . . . . : à Saint-Yon, sur 100 guérisons, 85 ont été obtenues durant la première année de traitement, 7 durant la deuxième année. »

Que reste-t-il après cela des affirmations du *Figaro ?* A notre tour nous dirons à son rédacteur : *beau critique vraiment, qui se dresse à bon droit dans son orgueil dédaigneux !* Lui qui fait métier d'écrire. il ne connaît même pas la valeur des termes qu'il emploie ; il ne se doute pas qu'il y a autant de distance d'un imbécile ou d'un dément à un vrai fou que d'un journaliste comme lui à un bon écrivain ; il ignore que la *folie simple* est essentiellement curable, et qu'il n'y a d'absolument incurable que la *folie compliquée* d'une de ces deux redoutables maladies qu'on appelle épilepsie ou paralysie générale.

La *paralysie générale !* Voilà le mal inexorable, l'affection terrible qui vous décime dans les grandes villes, vous tous qui soumettez volontairement vos pauvres têtes à une activité fonctionnelle excessive ! Il est malheureusement des cas, et—c'est poignant à dire—ces cas paraissent se multiplier dans des proportions effrayantes en ces temps de travail vertigineux, il est des cas déplorables, cruels, affreux, où la paralysie générale frappe les Donizetti (1), les Troyon (2), les Jobert (3) ; ces victimes des nobles labeurs, ces martyrs de notre civilisation avancée. O Progrès, voilà ton ennemie, née d'hier comme toi ! Je l'ai vue s'attaquer à des hommes utiles, à des hommes illustres, les plus capables, les plus jaloux de te servir ; je l'ai vue implacable, hideuse, d'un pas lent mais sûr entraîner sa proie chancelante ! Docile à sa voix, la mort accourt et fauche trop souvent les têtes dont la portée dépasse l'ordinaire niveau ; mais n'assombrissons pas outre mesure ce lugubre tableau : s'il faut quelquefois au *monstre* des victimes choisies, il en est de moins nobles et qui le plus souvent courent d'elles-mêmes à leur perte. Sachez-le pour votre gouverne, *petits crevés* du journalisme, la paralysie générale est le produit fatal des habitudes vicieuses, notamment de l'ivrognerie dans les basses classes, et dans les classes élevées des excès sensuels autant que des excès intellectuels. Faites nous donc grâce de vos absurdes criailleries, tonnez — si vous voulez — contre la débauche et – si vous pouvez—prêchez d'exemple, félicitez-vous si les veilles, les femmes, l'absinthe et la vie dévorante que vous menez ne vous ont pas encore entamés, mais ne vous emportez plus en injures contre les médecins parce qu'il leur est im-

(1) Maison Baillarger.

(2) Maison Falret et Voisin.

(3) Maison Blanche.

possible de remettre à neuf les organes que des imprudents usent à plaisir avant l'heure. Oui, c'est à la débauche et non aux médecins qu'il faut s'en prendre, car la débauche des boulevards est à la paralysie générale ce que la misère des faubourgs est à la phthisie; et vous êtes aussi ridicules en demandant qu'on ferme les maisons spéciales parce que les victimes de la paralysie générale y succombent, que vous le seriez en demandant la suppression des hospices parce qu'on n'y guérit pas les poitrinaires.

Que M. Maillard se le tienne pour dit et qu'il prenne garde à lui! Il s'exalte facilement, c'est d'un mauvais signe; surtout quand on a le malheur d'avoir un pied dans les asiles, comme il nous le donne à entendre en nous parlant de son *indignation*, « *sentiment basé*, dit-il, *sur la connaissance de faits malheureusement incontestables pour nous*, *car ils nous touchent pour ainsi dire personnellement*. » S'il est vrai que M. Maillard se sente aussi *personnellement* frappé quand on touche aux aliénés, comment se fait-il qu'il se soit manqué de respect à lui-même en les traitant aussi cavalièrement qu'il l'a fait? J'en ai vu que la lecture de son article — *Un Concert à Charenton* — a cruellement blessés. Voici la triste charge que M. Maillard en a faite; pour épargner le lecteur nous n'en citerons que quelques extraits :

« *On dirait qu'une immense douleur les a frappés* TOUS, *et qu'ils portent au front l'empreinte d'un doigt fatal qui leur a broyé le crâne.*

« *Ils ont quelque chose de la résignation morne des* BŒUFS.....

« ... *Ils ne vivent pas, ils végètent;* ILS NE PENSENT PAS, *c'est à peine s'ils éprouvent lourdement et par éclairs......*

« ... *Une chansonnette intitulée* le Baptême d'une cloche *et dans laquelle les mots din-don sont répétés plusieurs fois, soulève des tonnerres d'hilarité! La consonnance enfantine de ces deux syllabes din-don frappe ces malheureux.*

« *Ils comprennent et ils rient.*

« .... *L'intelligence atrophiée s'affaiblit et expire par degrés*, LA BÊTE *survit seule.*

« ... *La coquetterie survit chez les femmes..... Une a des dents superbes et elle sourit beaucoup pour les montrer.....*

« *Chez les hommes les physionomies sont moins* CURIEUSES.....

« *Ils sont tous là silencieux, inquiétants comme des énigmes*, RIDICULES *et attendrissants....*

« *Est-ce que?.....*

« *Mais à quoi bon, et qui pourrait savoir tout cela puisqu'ils ne le savent par eux-mêmes! Pauvres gens!* »

Quelle insultante pitié! disait en parlant de cet article un homme de cœur et de talent que ces inepties touchent aussi personnellement, car il a été deux ans malade à Charenton; quelle insultante pitié, quel pauvre style, et quelle ignorance crasse! Ainsi ce monsieur prend tous les fous pour des idiots ou des déments (B.). Il en parle comme de *bêtes curieuses* (les deux mots y sont), comme de bêtes curieuses qu'on leur aurait servies après le dessert et le café, à lui et aux artistes venus exprès de Paris pour jouir de cette *exhibition*.

J'en demande pardon aux artistes; il n'y avait que le rédacteur du *Figaro* qui fût uniquement venu pour « *l'attrait de curiosité*, » selon son expression; les artistes au moins « *apportaient quelques instants de distraction et d'oubli à ces malheureux que*, dit-il, *l'inexorable démence a déjà rayés du nombre des vivants.* »

Grossière erreur, M. Maillard. Il en est qui sont rentrés depuis dans le monde, il en est qui guéris brillent plus que jamais par l'intelligence et ajoutent à leur réputation par de remarquables travaux : je viens d'en citer un. Il en est d'autres qui ne sont pas guéris encore, qui peut-être ne guériront pas, et qui pourtant vous jugent plus finement, plus sainement que vous ne les avez eux-mêmes jugés : j'en connais qui prennent en pitié les pauvres élucubrations du *Figaro* quand elles valent *le Concert à Charenton* (C.).

Que M. Maillard n'en soit pas trop surpris : parmi ces « pauvres gens » dont il a dit : « *Ils applaudissent, ils ont donc compris? qui sait!* » dix pour un étaient capables de lui donner des leçons de critique musicale, de savoir-vivre et de style, — oui, même de style! Je n'avance rien sans en donner la preuve; la voici : Ce soir-là même, entre toutes ces physionomies de *bêtes curieuses*, entre toutes ces têtes qu'il trouvait si *ridicules*, le rédacteur du *Figaro* a pu voir un malade, un poëte, qui fait des poésies comme on ne serait peut-être pas fâché d'en faire, quand on tient une plume dans le journalisme et qu'on n'est en littérature qu'un Maillard. Qu'on en juge par la pièce suivante composée pour une pensionnaire qui devait sortir le lendemain *guérie* de Charenton :

*A Madame E****

Quand l'heure du départ pour vous sera venue
Je bénirai le ciel qui vous aura rendue
Aux lieux qui vous sont chers — les regrets d'un époux
Et d'un fils bien-aimé vous rappellent chez vous ; —
Mais je serai chagrin ! et c'est d'un œil humide
Que je constaterai que votre place est vide
A la table où le soir nous prenons nos repas.
Content de vous y voir, je ne la quittais pas,
Mais vous n'étant plus là je prendrai ma retraite,
Je fuirai le Salon ! encor que l'on me traite
Avec quelques égards, plus rien à Charenton
Ne me sourira plus, ne me sentira bon.
Allez, mistriss Emma, reprendre votre place
Dans ce monde élégant dont vous êtes l'orgueil,
Qu'un douloureux passé de votre esprit s'efface
Quand de votre maison vous franchirez le seuil !
Quant à moi, *par le sort traité comme le Tasse*
Des êtres incompris je subis la disgrâce
Et n'ai plus d'autre chant qu'un long cri de douleur.
Mais où vais-je de Tasse invoquer la mémoire !
N'ayant point son génie, ai-je part à sa gloire ?
A peine ai-je avec lui de commun le malheur ! ! !

Qu'en dit M. Maillard ? Voilà des fous, se econnaissant tels, qui d'eux-mêmes viennent témoigner contre lui. *Pensent-ils*, ceux-là ? Ont-ils vu des guérisons ? (D.)

On va peut-être croire que l'auteur de ces vers

est un phénomène, une exception à Charenton; mais, je l'ai déjà dit et je le prouverai tout à l'heure, parmi les auditeurs de cet étrange concert où le public était à la merci du sans-gêne (1) et de la curiosité des artistes, beaucoup de fous étaient de cette force-là. *Je le sais.* Je le sais, car pendant trois ans j'ai vécu parmi eux; car j'ai passé dans leur société des moments pleins de charme; car, plusieurs m'ayant laissé voir leurs travaux, j'ai été à même de les juger à leur valeur. Je les connais pour avoir partagé leurs promenades, leurs repas et leurs jeux; pour avoir assisté aux *concerts de Charenton* confondu avec mes collègues au milieu d'eux, et pour avoir entendu leurs observations sagaces sur les curieux qui les examinaient, effarés, du haut des planches. A ce sujet, voyez, M. Maillard, combien vous vous êtes mépris : « *A notre entrée*, avez-vous dit, *les hommes se sont levés respectueusement;* » si le respect avait dû venir de quelque part, qui donc *sinon le malheur* y avait le plus de droit? Détrompez-vous, monsieur le Rédacteur, ils ne se sont levés que pour vous voir (E). Vous vous êtes assez plaisamment mépris encore à propos « des habits noirs, des cravates blanches, des gants frais et du claque sous le bras : » en dehors du Directeur et des artistes que vous connaissiez vous avez tout pris, internes et employés, pour des aliénés; et c'est de nous autant que d'eux que vous avez écrit : « *Quelles sensations effroyables*

(1) « *Le public*, dit M. Maillard, *nous attendait.* »

« *se produisent dans ces têtes malades? Et pourquoi cette* « *expression éternelle d'écrasement et de résignation déses-* « *pérée sur tous ces fronts sombres?....* » (F.)

Quand on est, comme les internes avec les aliénés, sur le pied d'une intimité et d'une communauté d'existence telles que les étrangers puissent ne pas vous distinguer les uns des autres, on est admirablement placé pour apprendre à les connaître. Il n'y a donc rien d'étonnant à ce que j'aie reçu leurs confidences, à ce que je n'aie pas encore oublié leur nom, leur profession, les épisodes de leur maladie. J'ai d'ailleurs pris des notes sur l'issue bonne ou mauvaise qu'elle a eue pour un certain nombre. Et puisque nous sommes sur ce chapitre et que le *Figaro* nie les guérisons, pourquoi ne lui citerais-je par les chiffres que j'ai recueillis moi-même? Que pourra-t-il objecter à la statistique que j'ai faite *en personne?* Cette fois, pour les chiffres que je vais donner, je suis plus que sûr, je me déclare responsable : je pourrais à chaque cas de guérison accoler un nom et une adresse. Voici de cette statistique, qui date de 1864 et qui n'a trait qu'aux quartier des hommes, ce qui se rapporte à la question en litige :

Admissions et guérisons d'après les mois.

MOIS.	ADMISSIONS. Curables présumés.	Incurables présumés	GUÉRISONS — Sortis guéris	*OBSERVATIONS.*
Janvier...	3	8	4	Charenton étant probablement de tous les asiles de France celui qui reçoit le plus de malades atteints de paralysie générale (Paris use tant de cerveaux!), c'est à la paralysie générale qu'il faut rapporter le chiffre énorme de ceux qui sont jugés incurables dès leur arrivée, ainsi que la proportion relativement considérable de ceux qui succombent. J'ai fait à ce sujet des recherches sur les registres de *Charenton*, et j'ai constaté que, de 1854 à 1864, on a reçu 706 hommes atteints de paralysie générale; or, pendant cette période de dix ans, il n'est mort que 701 hommes. Tous les paralytiques étant voués à une mort certaine dans un espace de temps relativement assez court, on voit que c'est la paralysie générale qui fournit presque tous les décès.
Février...	3	11	2	
Mars.....	4	8	2	
Avril.....	10	13	1	
Mai......	9	12	7	
Juin.....	7	9	3	
Juillet....	5	12	8	
Août.....	5	12	4	
Septembre	4	11	4	
Octobre...	3	14	5	
Novembre	4	5	1	
Décembre.	6	5	2	
	63	120	43	

Je viens d'avancer que les aliénés m'ont quelquefois montré leurs travaux. J'aurais pu dire aussi qu'ils viennent souvent en aide aux internes (G). En effet, je connais des internes qui ont pris avec eux des leçons de mathématiques, d'autres de musique; enfin, ce sont les aliénés qui veulent bien préparer les tableaux de statistique. A ce propos et comme preuve, que M. Maillard médite le trait suivant :

Un malade, émule des Villemessant et des Millaud, trouvant parmi ses camarades de Charenton de bons artistes et de non moins bons écrivains, venait de fonder avec leur concours *le Glaneur de Madopolis*, journal illustré (1). Des sous-officiers, malades aussi, s'offrirent comme copistes. On put ainsi se passer d'imprimeur, mais le papier vint à manquer. Voici comment le Villemessant de Charenton s'en procura : j'avais prié l'un des sous-officiers de me préparer quelques tableaux pour la statistique du trimestre actuel; il m'offrit d'en préparer, par provision, un certain nombre pour les trimestres suivants; je lui donnai du papier en conséquence : c'est de ce papier que s'empara la rédaction du *Glaneur*. On me remit, pour excuse, la pièce de vers suivante. Remarquez bien, M. Maillard, que le poëte cité plus haut était au rédacteur en chef (2) du *Glaneur*, ce que M. Millaud est à M. de Villemessant. Cette pièce est donc d'un deuxième poëte :

A MM. les Internes et Sous-Aides des hôpitaux civil et militaire de Madopolis.

En vous rendant, Messieurs de la clinique,
Les grands tableaux que je viens de finir
Et dans lesquels, sous forme statistique,
Vous noterez qui vit et qui vient de mourir,
Dans lesquels — chose lamentable !
Près de maint cas de guérison
Figure le mot incurable
A propos de notre raison ;

(1) Par le commandant R.... et par B.... employé de commerce aujourd'hui tous les deux guéris.

(2) Mort depuis.

Permettez-moi de vous apprendre
Que s'il manque du papier blanc
Je ne pourrai jamais le rendre :
Le *Glaneur* l'aura pris, — excusez cet enfant.

J'ai produit assez de preuves, j'en ai dit assez, j'espère, pour convaincre M. Maillard d'ignorance et d'ignorance grossière. Je pense qu'il ne s'avisera plus maintenant de traiter les autres d'ignares : quoi de plus ignare que son apostrophe aux médecins ? Il lui sied bien vraiment de vouloir faire la leçon aux autres ! Qu'est-ce donc que M. Maillard ? qu'a-t-il fait de sérieux ? qu'a-t-il produit d'utile ? Ce n'est qu'un incapable, même dans le genre facile qu'il a choisi. Qu'on le compare à ses confrères : la plupart, écrivains pleins d'humour, se distinguent par leur plume élégante, les formes grâcieuses, l'essor brillant de leurs pensées. Avec sa plume pâteuse, ses formes lourdes et son vol terre à terre, il leur ressemble bien quelque peu, mais *grosso modo*, comme ressemble à l'oiseau des poëtes l'oie qui barbote dans nos abreuvoirs de village. Veut-il faire de la critique ? Il a plus de fiel que de sel et fait songer au serpent qui laisse ses dents sur la lime. Enfin que reste-t-il de ses articles ? ce qui reste de ces ballons qu'un enfant crève : on cherche en vain ce qu'ils renferment, ils sont vides autant que gonflés. Leur bouffissure rappelle la grenouille qui voulut se faire aussi grosse que le bœuf,

La chétive pécore
S'enfla si bien qu'elle creva.

Je les connais ces *petits crevés* de la littérature ; j'ai vu la mine piteuse qu'ils font dans la préface de *Mademoiselle de Maupin* où Théophile Gauthier les a déplumés, aplatis et cloués à jamais, comme on cloue certains oiseaux de nuit à la porte des écuries. De tout temps on leur a dit leurs vérités, mais cela ne les corrige guère, ils n'en font que plus les importants. C'est bien eux qu'a peints La Fontaine dans la *Mouche du Coche ;* c'est d'eux encore que Montaigne a dit :

« De vray, le plus souvent ils semblent estre ravalez, mesme du sens commun ; car le païsan et le cordonnier, vous leur veoyez aller simplement et naïsvement leur train, parlant de ce qu'ils sçavent, ceulx-ci, pour se vouloir eslever et gendarmer de ce sçavoir, qui nage en la superficie de leur cervelle, vont s'embarrassant et empestrant sans cesse. »

Maintenant que le voilà bien empêtré, plaignons-le ce pauvre M. Maillard ! Peut-être a-t-il eu pour se fâcher un semblant de raison : il se pourrait bien qu'il eût écrit de rage au sujet de quelque grief personnel. Mais on a du bon sens, que diable ! et d'un grief purement personnel on ne fait pas une affaire d'État. Est-ce que je demande la suppression des journaux, est-ce que j'insulte tous les journalistes parce qu'il y a parmi eux un Maillard ? Qu'un chien vous morde, Monsieur, faudra-t-il exterminer pour Votre Seigneurie toute la race canine ? Si turpitude il y a, il y a héroïsme aussi, et l'on peut répondre à ces exemples si affreux que vous ne voulez pas citer et qui ne sont après tout que le revers de la médaille, par des exemples contraires aussi éclatants qu'irréfutables, et qui font honneur à la fois aux asiles et à l'humanité. En voici un qui n'a pas besoin de commentaires.

Le 25 avril, à l'asile de Bonneval près de Chartres, un aliéné au plus fort d'un accès court à la rivière (le Loir), et s'y jette. Un gardien,—*un de ces bourreaux de gardiens*,—vole après lui, plonge,—il y avait en cet endroit quinze pieds d'eau et il devait s'attendre à une lutte !— il plonge malgré tout, saisit l'aliéné et le ramène au rivage sain et sauf.

Cet exemple ne vous suffit pas ? En voici un autre : A Charenton tout le monde connaît l'infirmier Louis, tout le monde vous en parlera : c'est un type de dévouement, de désintéressement et d'abnégation. Il est attaché au service de chirurgie. Toutes les fois que, dans sa salle, il y a un malade gravement atteint, Louis ne se contente pas de faire des rondes, il s'installe près de l'opéré ou du moribond, au chevet de son lit, et ne le quitte pas de la nuit quoiqu'il n'y soit nullement forcé par son service, quoiqu'il y ait un veilleur, quoi qu'on fasse et quoi qu'on dise pour le faire coucher.

Voilà les hommes que M. Maillard insulte en bloc avec tous les gardiens indistinctement, qu'il traite de *bourreaux infâmes*, et dont il a dit : « *Les valets qui* « *gardent les pensionnaires les torturent ignominieusement* « *quand leurs cris les empêchent de dormir*. »

Il y aurait encore beaucoup à dire sur les gardiens, mais ce côté de la question ne me regarde pas ; il me suffit d'avoir relevé les erreurs médicales, le reste est purement administratif ; si M. Maillard désire de plus amples explications qu'il s'adresse à M. le Directeur de la Maison impériale de Charenton. Il lui doit, je crois, une visite de digestion. Qu'il la lui fasse ! Il en profitera pour voir de plus près les aliénés et leurs gardiens. Dans la strophe suivante, les aliénés eux-mêmes, en s'adressant à tous ses confrères, semblent l'y inviter :

Les fous ont de la renommée
On en parle partout même au *Petit Journal*,
Et quoique au grand format la folie soit pommée,
Le grand format nous juge mal :
Pour que tous les journaux aient erré sur ce thème
Il faut certainement qu'ils n'aient plus leur raison,
C'est pourquoi nous croyons nous-même
Qu'il leur faut revoir Charenton. (H)

Allez donc à Charenton, MM. les Maillard de la Presse, allez voir vos confrères les fous journalistes, allez voir leurs gardiens, et regardez-les vous-même à l'œuvre. Afin de les mieux apprécier, vous ne feriez peut-être pas mal de prolonger de quelques mois votre séjour parmi eux. Vous y gagneriez sous beaucoup de rapports. Je suis persuadé que vous reviendriez de Charenton plus calmes, plus polis, moins infatués surtout de vos lumières et de votre philanthrophie : car vous auriez pu comparer votre philanthropie à tant la ligne et à l'abri de tout danger, avec celle moins lucrative mais plus pratique des gens qui, sans en faire étalage, payent jour et nuit et à toute heure de leur personne ; et, quant à vos lumières, qu'en penseriez-vous quand vous auriez constaté que, — même parmi les fous extravagants, violents, ou dangereux à certaines heures, — il y a des intelligences à la cheville desquelles la vôtre n'arriverait pas?

J'ai fini, Monsieur le Rédacteur en chef; un malin, qui prétend vous connaître, me dit que je me suis donné bien du mal pour bien peu de chose. A son avis le *Figaro* n'est qu'une caverne où la pieuvre du journalisme nous attire tous comme une proie: mais, dit-il, la pieuvre du *Figaro* est de celles qui ne valent pas une lutte ; sans trancher du Gilliat, pour si petit qu'on soit, on triomphe d'elle sans gloire, tant on en a facilement raison.

Je suis loin d'être de son avis; il n'y a pas que des Maillard au *Figaro :* vous avez, Monsieur le Rédacteur en chef, des collaborateurs sympathiques dont j'aime le caractère et dont j'admire le talent.

Quoi qu'il en soit, s'il ne faut voir dans l'attaque brutale du *Figaro* qu'une mauvaise plaisanterie, une supercherie grossière, un appât aux aliénistes pour qu'ils vous donnent de la copie, vous devez être content.

Henri SENTOUX,
ancien interne de Charenton.

N. B. L'affaire des spécialistes est désormais réglée. Attaquez maintenant les médecins ou les chirurgiens : FOUBERT vous répondra.

III

NOTES

ET PIÈCES JUSTIFICATIVES

MORCEAUX CHOISIS DE PROSE ET DE POÉSIE

Extraits du journal LE GLANEUR.

LES FOUS JOURNALISTES

A

N° 1. 2 Juin 1865.

LE GLANEUR

JOURNAL DE MADOPOLIS (1).

EXPOSÉ DES MOTIFS

. . . .

Un capitaine du 1er régiment d'artillerie madopolitaine a songé, le premier, à la publication d'une feuille périodique : et l'idée heureuse du capitaine, à peine émise au cercle du Ier arrondissement, a été adoptée avec enthousiasme par un certain nombre de Madopolitains de toutes professions, qui, spontanément, ont offert leur collaboration gratuite.

A l'exemple de la plupart des journaux du monde, *le Glaneur* traitera de politique, de littérature, de sciences, d'art et d'industrie ; mais, contraste frappant avec ces mêmes journaux, il traitera de *tout*, sans opinion prédominante, sans couleur politique : au caprice de l'écrivain (2).

Quel que soit le parti de ceux qui prendront la plume — et ce ne sera jamais un parti pris, — quel que soit le thème choisi par eux ; leurs articles, pourvu qu'ils contiennent un peu d'esprit — naturel, — seront publiés avec reconnaissance pour leurs auteurs.

Et la diversité des professions, jointe aux profondes connaissances des collaborateurs, est un sûr garant de la judicieuse variété des articles qui seront successivement publiés.

Inutile d'ajouter que *le Glaneur*, écrit par des gens bien élevés, mettra de côté toute personnalité, et se renfermera dans les limites des convenances......

Le Glaneur, vu la diversité d'opinion de ses rédacteurs (3), peindra sous différentes couleurs la politique, qu'il effleurera d'une plume légère : car il est des sujets en lesquels il faut craindre de s'*enfoncer* ....

L'or étant une chimère à Madopolis, *le Glaneur* ne publiera ni la cote de la

(1) Madopolis, ville des fous ; *id est* Charenton.

(2) « Quand devenez-vous politique? et quelle couleur aurez-vous ?

« N'étant point chargé dans ce journal de la rubrique peinture, je laisse la question de la couleur, mais je crois pouvoir affirmer que le *Figaro* ne sera pas un journal comme un autre..... il laissera comme par le passé tous les rédacteurs libres dans leurs opinions. » Albert Wolf.

En présence d'une pareille similitude d'idées entre le *Figaro* et *le Glaneur*, journal des fous, nous réclamons pour ceux-ci la priorité de la politique à toutes couleurs. Puisque tu suis leurs brisées, ô *Figaro*, tu m'accorderas que les fous ne sont pas si bêtes.

(3) C'est dans le même esprit que M. Henri Rochefort commence ainsi la Chronique parisienne du *Figaro*, politique et littéraire, N° 2 : « Que dites-vous de cette situation, *unique dans l'histoire*, d'un journaliste politique dont les opinions sont diamétralement opposées à celles de son rédacteur en chef ? »

L'exposé des principes du *Glaneur* prouve assez que cette situation n'est pas unique dans l'histoire, mais qu'*elle est renouvelée de Charenton*.

Voilà tout ce qu'on peut en dire.

Bourse, ni le cours fluctuant des actions.. humaines.........................

De temps en temps, quelque œuvre poétique, élégie, sonnet, acrostiche, charade, s'épanouira dans nos colonnes. Et nous recevrons avec plaisir de nos gracieuses abonnées les sujets de bouts-rimés qu'elles voudront bien nous faire parvenir : une noble émulation animera les plumes des cygnes du *Glaneur*, à ces jeux floraux d'une nouvelle espèce.

....

Tirage et conditions d'abonnement.

A combien d'exemplaires sera tiré *le Glaneur ?*

Pour satisfaire aux nombreuses demandes jusqu'à ce jour enregistrées par le caissier qui ne peut suffire aux inscriptions d'abonnements, nous avons résolu de le tirer à *deux* exemplaires : *un* pour les DAMES, l'autre pour la partie masculine de notre populeuse cité.

Le principe *Proudhonien* de la *Circulation,* mis en pratique par nos lectrices et nos lecteurs, fera passer *le Glaneur* sous les yeux de toute la population de Madopolis.......................

Quant au prix d'abonnement, les fondateurs du *Glaneur* se voient, après bien des discussions, dans la nécessité de le fixer à . . . . . . 0,00 c. (zéro franc, zéro centimes). . . . par an. L'abonnement peut être pris pour un an, un trimestre, un mois, un numéro même, au gré des abonnés et sans augmentation de prix.

Le gouvernement paternel et bienveillant de Madopolis a bien voulu, sans aucune demande de notre part, exempter des fais de cautionnement et de timbre notre journal naissant. Simple leçon et bel exemple donnés aux gouvernements étrangers !

Lettre du Timbre au Glaneur.

....

La liberté de la Presse manque aussi de garanties. Vous allez donc rencontrer de grandes difficultés, entre autres celles apportées par le cautionnement et surtout, vu votre libéralité pour le prix d'abonnement, par le droit de timbre à acquitter.

Pour sortir d'embarras il vous faut un Sauveur :
Recevez donc le Timbre en collaborateur,
Et parmi les Journaux de toute la contrée,
Votre feuille sera, certes, la plus *timbrée.*

J'ai l'honneur d'être. . . . .,
LE TIMBRE.

B

« M. Maillard prend tous les fous pour des idiots ou des déments. » A ce sujet, voici l'opinion du *Glaneur* :

A la bibliothèque, un tas de vieilleries
Dorment sous les rayons ;
En revanche on y voit nos pages bien remplies,
Peintes aux trois crayons ;

On y fait le portrait, la charge, le pastiche
Et le sujet religieux ;
De quatrains par moments on s'y montre peu chiche...
— Mais ailleurs c'est bien mieux.

. . . .
. . . .
. . . .
. . . .

Au Salon, ô danseurs, vos tibias frétillent
Quand certaine pianiste attaque les accords !
— On voit qu'à Charenton les artistes fourmillent
Riches de leurs talents, valant ceux du dehors.

C

« Il en est d'autres qui ne sont pas guéris encore, qui peut-être ne guériront pas et qui pourtant vous jugent plus finement, plus *sainement*, que vous ne les avez eux-mêmes jugés. »

Relisez, monsieur le directeur du *Figaro*, relisez le Concert à Charenton raconté par votre rédacteur, et, la main sur la conscience, comparez. Voici le compte-rendu d'un de ces concerts par le critique musical du *Glaneur* :

CAUSERIE MUSICALE.

Nous sommes en présence des souvenirs d'un concert qu'a ouï une grande partie des auditeurs habituels de Madopolis. Une troupe d'artistes de Paris rassemblés sous l'impulsion de M. Collongues s'est présentée aux portes de cette ville et a offert de récréer en tous genres les dilettanti qu'elle renferme.

Comme d'habitude dans ces sortes de circonstances, le doge s'est empressé de leur offrir son hospitalité somptueuse et *après leur dîner, à neuf heures environ*, nous les avons vus s'avancer *processionnellement* et gravir une estrade élevée dès le matin, où *ils se sont offerts à nos regards*.

Un trio pour piano, violon et alto a ouvert la séance. On affectionne généralement parmi les amateurs cette musique de Mozart qui contient tant de beautés et dont l'effet est toujours certain. M. Gallois, compositeur de mérite, tenait le piano d'une main assurée. M. Lebrun, l'alto, est élève de M. Collongues et suit les traces de cet étonnant virtuose. — L'ensemble de l'œuvre est parfait. — Des applaudissements contenus accueillaient la fin de certains passages dont l'effet ne laissait rien à désirer.

Un second morceau (du bal masqué, de Verdi) a suivi; la voix de baryton de M. Arsandeaux l'a rendu magistralement. Les qualités de ce jeune chanteur doivent le recommander à l'attention des directeurs de théâtre. L'air de *Il Ballo in Maschera* a été dit par lui d'une façon qui a vivement impressionné les auditeurs. Il unit à une voix puissante et bien timbrée des cordes émues pleines de charmes. Nos bravos lui sont acquis. Il a été également remarquable dans l'air de *l'Africaine* qui était une nouveauté pour chacun. Encore une fois, c'est très-bien.

Enfin Mme Bertini a chanté le grand air d'Annette dans *Robin des Bois* de Charles-Marie de Weber. La qualité de sa voix n'est certes pas ce qu'on doit louer en elle. Elle ajoute à cet air des traits que nous ne lui connaissons pas : cependant elle émeut et entraîne son auditoire dans les beaux passages que contient cet admirable morceau.

Dans la seconde partie du concert, Mme Bertini a interprété *Ardita*, valse chantée de la composition du maëstro Arditi. La mode est à ces valses où les grandes cantatrices déploient facilement leurs qualités brillantes : le célèbre *Baccio* du même auteur, *le Bal* de Maurice Strakosh se sont fait applaudir avec enthousiasme. L'interprète d'*Ardita* y a selon nous déployé de sérieuses qualités. Rien n'égale la grâce de ses vocalises, elles décèlent de sérieuses études, et méritent des louanges.

Il est fâcheux que cette belle personne aux formes quelque peu lombardes ajoute quelques minauderies à ses attraits naturels.

Le solo de piano exécuté par son compositeur M. Gallois émerveille par l'agilité qu'il déploie. Un pareil talent fait comprendre la supériorité du piano apte à rendre tant de choses.

Cet artiste a accompagné presque tous les morceaux du concert : il a montré dans cet emploi tout le zèle et tout le sentiment musical les plus dignes d'éloges Successivement, les morceaux de chant et le solo de hautbois ont gagné l'approbation de toute l'assistance.

Son dernier solo dans lequel *malgré l'indication du programme, nous avons reconnu Boute-en-Train*, un galop de genre d'Eugène Ketterer, témoigne une fois de plus de l'éminent talent auquel nous nous plaisons de décerner des compliments sincères.

....

On se croyait en Orient à l'audition de la fantaisie sur *Lalla-Roukh* : devant l'imagination se déroulaient les mosquées à la coupole dorée, le ciel bleu et toutes les rutilantes couleurs et toutes les arabesques qui rappellent ces pays.

Enfin M. Block, qui déjà dans le commencement de la soirée nous avait traduit une ravissante chansonnette : *la Noisette et l'Amour*, où il est pastoral et rempli de naïveté, a dit la *Chanson de Fortunia*, parodie de la romance de *Fortunio* d'Alfred de Musset, désopilante charge au refrain tyrolien qui ne laisse pas d'autre alternative que la gaieté. Les *Malheurs de Lustucru* ou de la *Mère Michel*, tout le monde connaît cela. Quant au *Baptême du Petit Ebéniste*, succès complet : les honneurs du rire sont décernés à Block.

Bravo, jeune homme, vous n'arriverez pas plus haut, c'est assez.

....

Après cela la toile baisse et il ne nous reste qu'à complimenter chacun ; ils l'ont tous mérité : au doge des remerciments, aux artistes des couronnes, et à nous le souvenir d'une grande satisfaction.

* * *

Après cette soirée
A tous les invités un souper sans pareil
Fut servi largement par le traiteur Morphée
Sous forme de sommeil.

15 juin 1865.

D

«*Pensent-ils*, ceux-là?»

On le voit, penser — à la façon de M. Jourdain, en prose, — ne leur suffit pas; ce sont des raffinés, il leur faut de la poésie. Adorant les vers, les vers de circonstance surtout, ils sont bien forcés d'en faire. Ils ne s'en font pas faute dans les occasions solennelles, entre autres, où il y a quelque fête à célébrer.

Exemple :

1

Le monde en théâtres abonde
Où chacun prône ses acteurs,
Et la comédie, au grand monde,
Ne manque pas de spectateurs.
C'est pourquoi Charenton, pour imiter la ville,
S'est dit qu'il lui fallait un théâtre monté;
Sitôt dit, sitôt fait : le théâtre en famille
Fut bâti, machiné, démonté, remonté.

2

Au jour de sa naissance, il acquit de la vogue
A Charenton.
Mais la mode exigeant, de rigueur, un Prologue,
(C'est de bon ton),
Nous avons eu l'idée, hardie et saugrenue,
De l'adopter;
Et nous vous accablons de rime biscornue
Sans répéter.

3

Un prologue a pour but de chanter l'ouverture
Du théâtre, — et toujours le prologue est en vers :
Or, le prologue ici pèche contre nature,
Car depuis fort longtemps le théâtre est ouvert.
En outre, pour des vers, il faudrait un poëte :
Et le poëte — un vrai — n'eût voulu s'engager
Pour Charenton, peut-être, à faire une saynète
Qu'un fou pour ce motif s'est permis d'essayer

etc.

Ces fêtes ne reviennent que trois ou quatre fois 'an; en revanche, il y a salon deux fois par semaine, les jeudi et dimanche; chacune de ces soirées peut être une occasion nouvelle de poésie, si nous en croyons *le Glaneur* :

. . . . C'est incroyable! et pourtant la démence
Y va plus loin, disons-le tout au long :
Des cerveaux en déroute y poussent l'imprudence
Jusqu'à faire des vers en l'honneur du Salon.

Il ne faut pas croire que la poésie de Charenton n'excelle que dans ce genre aux allures légères; elle a aussi de nobles élans, témoin, à propos de la Mi-Carême, le quatrain suivant:

Oui le maigre Carême, en prêchant l'abstinence
Après un carnaval un peu trop plantureux,
Prédicateur muet, nous dit en son silence :
O mortels bien repus, songez aux malheureux!

Témoins encore ces accents émus :

Depuis cette fête éphémère,
Qui de chacun stimula les efforts
Et qui pour des anciens fut la fête dernière,
Nombre de fous sont morts!
Parmi lesquels. . . . .
. . . .
A ceux qui parmi nous ont quitté cette terre
Un mot de souvenir, au nom de Charenton.

E

« Les hommes ne se sont pas levés respectueusement. » — Je n'entends pas dire par là qu'ils ne sachent pas être respectueux à l'occasion. Ils le sont autant que galants auprès des dames, leurs compagnes d'infortune, que M. Maillard a caricaturées sans respect. Qu'on relise la partie de son article qui a trait aux femmes. Voici, comme contre-partie, de quelle façon les fous ou, pour me servir de leur expression, les Madopolitains parlent d'elles.

LA MADOPOLITAINE

ESQUISSE A LA PLUME.

Qui de vous ne connaît Madopolis?

Qui de vous, en flânant dans ses rues, sur ses boulevards, aux promenades publiques, n'a vu passer quelque Madopolitaine ?

Qui de vous aux soirées, aux bals, aux concerts, aux spectacles, n'a remarqué la beauté, la grâce légère et la simplicité des femmes de Madopolis?

Qui de vous alors ne les connaît? ne les admire?

Puisque les femmes éthérées
Plaisent *aux fous* par tous les temps,
Elles nous font, dans nos soirées,
Passer à tous de bons moments.

A première vue, la Madopolitaine n'a rien qui la différencie, rien qui la distingue des autres femmes.

Elle sort, accompagnée; va à pied à l'église, à la promenade et au bal. Ajoutons de suite que les rues de Madopolis, toutes bordées d'arcades analogues à celles de la rue de Rivoli, à Paris, se prêtent admirablement à leurs pérégrinations, et que le beau ciel de la Madopolitaine favorise généralement leurs sorties.

Généralement, — et en cas de mauvais temps, les flâneurs, race peu nombreuse à Madopolis, peuvent voir quelquefois la Madopolitaine trottiner pour regagner sa demeure, en montrant, *malgré elle*, un petit pied mignon.

« Et, quand on voit le pied, la jambe se devine. »

Au Temple, un peu petit, qui domine la ville; — dont l'extérieur est à la fois élégant et sévère; dont l'intérieur, coquet, est décoré de peintures murales dignes d'éloges; — au temple dont elle pare l'autel de fleurs nouvelles, la Madopolitaine fait entendre sa voix.

Elle chante, et chante bien, touche

de l'orgue; et ajoute aux splendeurs du culte catholique, les charmes d'une musique délicieuse.

Simple dans sa mise, la Madopolitaine est élégante et simple au bal, simple à la promenade : — simple en tout.

. . . .

Comme trait caractéristique, — elle a rejeté la crinoline.

Une robe *nouvelle*, quelques fleurs naturelles à la ceinture, au corsage, ou dans les cheveux : telle est toute sa toilette ;

Mais tout est si frais et si bien porté que les Madopolitains seraient ma foi bien fous de désirer autre chose.

. . . .

La Madopolitaine. que les gens superficiels pourraient croire parfois un peu toquée, est aimable.

Elle a une liberté d'allures et un franc-parler, qui se rencontrent rarement dans le monde ; elle rit haut, cause avec esprit, et cultive les arts.

Parfois sarcastique et malicieuse, elle est captivante pour qui la connaît à peu près.

Que doit-elle être pour qui la connaît bien ?

Les Madopolitaines, si l'on s'en rapportait à quelques mauvaises langues, se jalousent entre elles, à l'instar des femmes de tout pays.

Nous n'en croyons rien : car, à Madopolis, le talent est aussi modeste que la beauté est simple et naturelle.

Pour terminer, nous n'ajouterons que ceci :

Nous engageons vivement les lecteurs, qui douteraient de nos paroles, à venir voir de leurs propres yeux

et *Madopolis* — et la MADOPOLITAINE,

que nous-même nous désirerions connaître davantage.

3 juin 1865.

Nous avons réservé un passage de cette esquisse pour le mettre en regard de cette phrase : *Hélas!* dit M. Maillard, *elle porte un chapeau de forme étrange, qui date de 1840..... La mode a changé cent fois depuis, mais pour elle la vie a cessé subitement, et elle en est restée aux élégances d'alors.....*, etc. On va juger avec quel parti pris M. Maillard a cherché, trouvé quand même, et raconté le *côté ridicule* de tout ce qu'il a vu, avec les yeux de son imagination sans doute. Voici la question du chapeau traitée par *le Glaneur*.

« Leurs chapeaux ont un cachet de distinction que nous n'avons jamais rencontré nulle part, et, dussions-nous faire rire Mme la vicomtesse de Renneville, nous ne pouvons nous empêcher de mentionner :

« — Certain chapeau de tulle blanc, dont la garniture se compose de roses blanches, semées de rosée et de feuilles de lierre. — D'où vient ce chapeau ? — De Paris ?

« Nous le croyons fils de Madopolis, — peut-être de la Madopolitaine qui s'en pare, — peut-être même encore nommerions-nous du premier coup la *Fleuriste-Artiste* des mains de laquelle sort sa ravissante garniture. »

F

« Tous ces fronts sombres. »

Voici ce que le *Glaneur* pense de ces fronts que M. Maillard a *vus* si sombres :

On voit se rajeunir, en nos murs, la vieillesse
Qui tourne par instants jusqu'au décolleté ;
On voit se dérider par contre la jeunesse
Qui, dans notre âge d'or, est trop collet-monté.

G

Il n'est question ici, bien entendu, que d'une partie des malades, de ceux dont l'état de calme permet le séjour et le maintien dans la première division. Tel qui est à la première aujourd'hui, peut, entraîné par son délire, s'agiter et être envoyé d'urgence dans une autre. Ces changements de division, signalés par *le Glaneur*, étaient l'objet des faits divers.

FAITS DIVERS

Un des choristes de notre théâtre vient de quitter momentanément notre arrondissement pour aller chanter à un festival de province.

Son absence, qui ne sera pas, espérons-le, de longue durée, laisse un grand vide dans les *chœurs*.

— Un célèbre paysagiste, qui nous avait momentanément quittés, fait espérer pour notre prochain numéro une série de paysages dont il a fait les croquis dans un voyage en Suisse (1), dont il est revenu tout récemment.

Ajoutons que dans la première division, composée d'à peu près 70 malades, tous, il s'en faut, ne sont pas en état d'écrire comme les rédacteurs du

(1) Allusion à la division des agités.

Glaneur. En développant la thèse qu'on peut faire preuve de haute intelligence quoique aliéné nous sommes loin de vouloir dire que les aliénés sont tous des hommes remarquables. Non, à Charenton comme ailleurs, les pauvres d'esprit sont en majorité, et comme ailleurs il n'en sont pas plus malheureux. Vu leur état possible d'excitation et par suite de loquacité, les imbéciles ont pourtant à Charenton une physionomie à part que *le Glaneur* a su rendre piquante dans le portrait suivant, portrait frappant de ressemblance, auquel chacun reconnût l'original.

Un type de Madopolitain.

S'il en avait le loisir, Cocatius se lèverait à mi jour. Sitôt sorti du lit, il se contemple dans son miroir, et ce miroir l'absorbe une heure au moins. Il se dandine; avance d'un pas, recule de deux; va de tribord à babord, caresse, de ses mains puissantes, une crinière comparable à celle d'Absalon, et ne quitte la place que lorsqu'il se trouve assez beau pour se montrer.

— Sur le seuil de son domicile, lui demande-t-on comment il se porte?

« Très-bien, dit-il, merci : j'ai bien dormi. »

Quelques instants après un passant lui répète-t-il la même question?

« Couci, couça, répond-il, la migraine m'a empêché de fermer l'œil de la nuit. »

— Au travail, n'y a-t-il rien à faire, Cocatius est le premier à l'œuvre.

— Toujours au fait des nouvelles, Cocatius les répand de mille et une façons plus ou moins originales les unes que les autres.

Entend-il un jour de fête chanter à la cathédrale des hymnes de choix, un de ceux qui n'ont pu trouver place à la cérémonie demande à Cocatius ce que l'on a chanté : « Oh ! dit-il, c'est bien la plus belle musique que j'aie entendu de ma vie ! comme moi il faut être allé au temple pour s'en faire une idée !... On a chanté.... hum !.... hum ! hum !... quoi donc déjà ?... je ne me le rappelle plus... Ah ! j'y suis : on a chanté d'abord la Berezina... »

« Bah ! répond l'interrogateur : j'en croyais pourtant le passage difficile. »

Le nom du fleuve fameux par le dévouement des pontonniers de l'armée française remplaçait pour Cocatius le *Salve Regina*.

Si nous ne craignions pas de fatiguer le lecteur, nous pourrions citer d'autres bons mots de Cocatius. Nous préférons faire halte après le passage de la Berézina.

A part quelques *bizarreries de caractère*, Cocatius est un des Madopolitains les plus spirituels et les meilleurs enfants.

H

«C'est pourquoi nous croyons *nous-mêmes*
Qu'il leur faut revoir Charenton.»

Comme pour mieux engager leurs confrères de Paris à venir les voir, les rédacteurs du *Glaneur* publièrent à la suite de ces vers un article sur *Madopolis* dont nous extrayons les passages suivants :

Quelques mots sur Madopolis

. . . .

A Madopolis, les hôtels fourmillent, depuis les grands hôtels où règne un luxueux confort, jusqu'aux petits hôtels dont les prix sont modiques et la vie matérielle convenable.

Les établissements de bains de Madopolis jouissent d'une juste célébrité et attirent à chaque saison de nombreux étrangers : la vertu curative de ses douches a une réputation colossale.

Les jardins publics, parcs et promenades de Madopolis qui sont très-fréquentés dans la belle saison; qui, comme la ville, s'étalent en amphithéâtre et peuvent rivaliser avec les jardins suspendus de Babylone, sont plantés de beaux arbres d'essences variées.

Les fruits et les fleurs y abondent. La ville est éclairée au gaz, le gaz éclaire même la maison de chaque habitant.

Les rues, les places, les jardins, sont admirablement tenus.

Le service de la poste aux lettres s'y fait avec une ponctualité digne d'éloges.

La société, *dont une excellente lettre d'introduction nous a ouvert les portes* est aimable, gracieuse et bienveillante.

Elle donne peu de dîners, mais beaucoup de bals, de soirées et de réunions musicales, dans lesquels brillent modestement des talents sérieux.

Quant aux femmes, quant à la musique, quant aux toilettes, nous n'en parlons pas : un de nos confrères en ayant déjà dit un mot dans un article intitulé *la Madopolitaine.*

En résumé Madopolis est une ville agréable à habiter, hospitalière, amie des beaux-arts, et offre tant de charmes aux étrangers que *la plupart de ceux qui y viennent pour affaires finissent par s'y établir.*

ANNONCES.

Un pensionnaire **abandonnerait**, moyennant une indemnité convenable, sa position dans une maison de santé.
S'adresser à M. X... grande rue n° 51 à St-Maurice (affranchir).

CONCLUSION

Nous le demandons à tous ceux qui ont bien voulu prendre la peine de lire ces notes, ont-elles l'accent du désespoir? Y voit-on l'ombre d'une révolte, d'une récrimination, d'une défiance contre les médecins ou les agens du serviee? *Madopolis*, le *Madopolitain*, la *Madopolitaine*, sont pourtant des sujets qui prêtent aux allusions vengeresses. S'il se passait à Charenton des faits — odieux, comme on dit, — les malades qui ont tracé ces esquises n'auraient pas manqué d'en tirer parti pour y glisser, au moins sous forme d'insinuation, des paroles de menaces, de protestation ou de blâme. Croit-on que des fous qui portent haut encore le sentiment de leur dignité, que leur folie même rend parfois indomptables, et qui manient si bien et la langue et la plume, garderaient, s'ils étaient brutalisés, cette quiétude qui se reflète dans leurs écrits, et ne trouveraient pas un mot, en racontant leur vie de chaque jour, pour se plaindre des mauvais traitement dont ils seraient victimes? Quoi! dans un journal fait en commun, où chacun peut à sa guise collaborer, pas une révolte, pas une récrimination, pas une défiance, et cela en présence de ces mauvais traitements, de ces faits odieux dont on est à la fois et témoin et victime!

Que deviennent alors ces terribles accusations dont on s'obstine à poursuivre les asiles? D'où partent-elles?

Elles sont souvent le fait d'anciens aliénés passagèrement exaltés ou en voie de rechute. Les aliénistes peuvent y reconnaître la trace de leurs conceptions maladives, que des journalistes incompétents prennent au sérieux. Dans presque tous les asiles, en effet, sur le nombre de 5 à 600 malades, il y a toujours quelque grand homme dont on a compromis la réputation politique ou scientifique ou littéraire, dont on a brisé la carrière en le déclarant fou, *par cupidité*, *par lâcheté*, ou *par envie* nécessairement. Dès que son état mental s'améliore, on le laisse sortir et souvent à tort; car, à peine sorti, le grand homme s'excite et fait montre de son génie, c'est-à dire qu'il fait rage contre les asiles qui sont coupables d'avoir donné à la société les moyens de se mettre à l'abri de ses folles entreprises. — D'autres fois ce sont des hypochondriaques qui, améliorés et rentrés dans le monde, retombent dans leurs idées noires. Richerand l'a dit avec raison : « Les sarcasmes et les brocards sans nombre dont la médecine fut de tout temps accablée lui ont été presque tous lancés par des malades incurables qui dans leur humeur injuste et chagrine, s'en prenaient à la médecine des torts de la nature, qui les traitait en marâtre. » Attaqués par ceux-là, nous ne pouvons que les plaindre; attaqués par la presse, nous en appelons à l'opinion publique.

On a pu le voir, ce sont les malades eux-mêmes, c'est-à-dire les soi-disant *victimes* qui, par leurs écrits sur Madopolis, ont pris parti pour Charenton. Peut-on mettre en suspicion la sincérité de ces documents? Charenton y est raconté, dépeint, commenté par ses hôtes. Je les ai vus hausser plus d'une fois les épaules à la lecture des descriptions lugubres que faisaient de cet ENFER quelques philanthropes égarés. C'est même à l'occasion de deux articles, l'un du *Siècle*, l'autre du *Temps*, que furent faits les vers — sur le PETIT et le GRAND FORMAT — que nous avons pris pour *épigraphe.*

Voici des extraits de ces articles :

« Délire vaniteux, monomanie ambitieuse, congestion cérébrale, voilà quelques-uns des délits récemment inventés pour la science et qui lui permettent de confisquer sans avertissement, sans défense, sans enquête publique, la liberté d'un citoyen pour le transporter dans *le plus terrible et le plus périlleux des enfers.*

GUSTAVE ISAMBERT.

Charenton, le plus terrible des enfers! Après ce qu'on vient de lire, il est inutile de répondre à cela. Pour ce qui est du délire vaniteux avec atteintes de congestion cérébrale — légères ou non — dont M. Isambert ne paraît pas comprendre le danger, nous lui apprendrons que c'est tout simplement de la *paralysie générale.* Quant au malade, à propos de la séquestration et de l'interdiction duquel il s'est tant indigné, il avait en huit jours — poussé par son délire — dépensé en futilités la somme énorme de dix mille francs, qui représentait la majeure partie de ses économies, et on ne le conduisit à Charenton que lorsqu'il eut eu plusieurs rixes sur la voie publique ; que lorsqu'il eut, à plusieurs reprises, mis à nu dans sa chambre à coucher, sous les yeux de sa femme et de ses enfants, une fille qu'il avait ramassée dans la rue. Si le certificat du médecin de Charenton ne parlait que de sa manie de faire des vers, c'est qu'il n'avait à parler que de son délire *actuel*. Voilà pour le cas particulier dont a parlé M. Isambert. Il ne nous paraît pas mieux renseigné sur la loi qui, d'après lui, permet aux médecins de confisquer sans défense la liberté des citoyens. S'il veut savoir toutes les précautions dont elle use au contraire pour protéger la liberté individuelle, tout en sauvegardant la sécurité publique, qu'il lise dans le dernier numéro des *Annales médico-psycologiques* (mars 1867), le remarquable travail intitulé *Police médicale*.

Passons à M. Louis Jourdan :

« Il est bien évident, dit-il, que si le chagrin rend fou et si le désespoir fait mourir, les asiles sont parfaitement impropres à guérir la folie, puisqu'ils engendrent le chagrin et le désespoir, causes de folie et de mort !

« M. le Dr Falret et M. le Dr Lemoine, entre autres, racontent le désespoir des malheureux que l'on enferme dans les asiles. »

M. Falret ! et M. Lemoine ! Où donc ?

Nous avons lu avec attention tout ce qu'ont écrit sur la folie M. Falret et M. Lemoine, nous n'y avons rien vu de semblable. Bien au contraire! Nous y avons trouvé très-nettement exprimée l'opinion diamétralement opposée. Qu'on en juge!

Voici ce que dit M. Lemoine dans son livre *l'Aliéné devant la philosophie, la morale et la société*, p. 490, 491, 492 :

« La répugnance qu'éprouve la famille à placer l'aliéné dans un asile provient en partie des idées fausses répandues sur la folie.

« Elle s'imagine tant de choses !....

« ..... Quand le pauvre malade se verra entouré d'étrangers, dans une maison inconnue, le peu de raison qu'il conservait encore disparaîtra tout à fait; quand il connaîtra le lieu où il se trouve, quand il verra autour de lui tous ces fous en délire, quand il vivra dans cette atmosphère de folie, alors sa raison sera bien à jamais perdue.....

« ..... *Autant d'erreurs* que Pinel, Esquirol et bien d'autres ont réfutées pour la plupart, mais que l'ignorance publique et la nature humaine reproduisent avec une déplorable persistance, *au plus grand préjudice des malades.....* »

Voici maintenant ce que dit M. Falret dans ses *Leçons cliniques sur les Maladies mentales*, p. 84 et 85 :

« Enfin, qui le croirait? Cette action même que les familles redoutent tant, des aliénés les uns sur les autres, est généralement favorable, rarement nuisible à leur guérison. Du reste, nous ne devons pas laisser ignorer que ces établissements spéciaux présentent des divisions plus ou moins nombreuses qui permettent d'isoler les différentes catégories de fous, et au besoin chaque malade.....

« Parmi bien d'autres conditions que doit réunir un asile d'aliénés pour répondre pleinement à sa destination, en ce qui concerne seulement les localités, il en est trois fort importantes, savoir : l'*agrément*, l'*étendue* et des *divisions suffisantes*. L'*agrément*, afin que l'aliéné soit invité à vivre hors de lui-même par l'attrait des sensations ; l'*étendue*, afin qu'il puisse se livrer aux exercices physiques dont la plupart éprouvent un besoin impérieux, et qui sont un des moyens curatifs les plus salutaires pour tous ; enfin des *divisions suffisantes* pour régler, selon les convenances, les rapports des aliénés entre eux. »

Comment pourrait-on réaliser toutes ces conditions dans les familles pauvres et même relativement aisées ?

Ainsi ce n'est pas nous, ce sont MM. Falret et Lemoine eux-mêmes, dont M. Louis Jourdan invoque l'autorité scientifique, oui, ce sont eux qui lui donnent le démenti le plus formel.

Et M. Louis Jourdan termine son article en disant qu'il faut réformer la loi dont on ne peut mettre en doute les inconvénients, « quand un ensemble de faits est ainsi mis en lumière avec *autant de bonne foi*..... »

Bonne foi de qui ? Bonne foi de M. Louis Jourdan ? A la première occasion, nous demanderons à

M. Lemoine et à M. Falret ce qu'ils en pensent.

Pour en finir, nous dirons des aliénistes, qui sont de tous les médecins ceux qui font nécessairement le plus d'ingrats, ce que Cabanis a dit de tous les hommes voués à la profession médicale :

« Ils aiment leurs semblables ; ils aiment à les servir : mais ils ne sont pas révoltés de leur ingratitude ; ils savent même y trouver des douceurs ignorées du vulgaire. Car de sentir profondément qu'elle ne peut refroidir leurs projets de bienfaisance ni flétrir dans leurs cœurs les douces émotions de l'humanité, est sans doute bien au-dessus du plaisir que l'aspect de la reconnaissance procure.

La reconnaissance d'ailleurs à laquelle ils ne s'attendent jamais vient quelquefois leur rendre hommage : il est des cas d'autant plus touchants qu'ils sont plus rares, où d'anciens malades reconnaissent hautement les services qu'ils en ont reçu ; mais cela ne se voit guère que dans les grandes villes où les préjugés tendent à disparaître. On ne le verra pas de sitôt au fond de ces campagnes où des préjugés ridicules autant que cruels ont force de loi ; tirant tout leur crédit de leur ancienneté, ils restent maîtres de l'opinion publique. Là, pour des hommes sans éducation ou qu'une éducation vicieuse égare, la folie n'est pas une maladie comme une autre ! On y croit encore aux loups-garous, aux sorciers, aux vampires, aux possédés du démon, en un mot à la réalisation matérielle de tous les types fantastiques engendrés au moyen âge par la maladie, et acceptés encore de nos jours par la superstition. En les expliquant, en les montrant créés par l'imagination en délire, en les rapportant à la systématisation maladive de phénomènes sensitifs, intellectuels ou moraux, la science en a depuis longtemps fait justice; mais l'ignorance persiste à en méconnaître la signification et l'origine. Aussi, dans ces pays arriérés, la folie est-elle méprisée à l'égal d'une flétrissure; chacun croit voir sur le front des aliénés l'*empreinte d'un doigt fatal*, pour me servir de l'expression malheureuse du *Figaro;* et, quand ils sortent guéris des asiles, on les évite, et les portes se ferment devant eux comme s'ils sortaient du bagne !

Victimes de ces affreux préjugés, ils ont tous honte de cette maladie dont on leur fait pour ainsi dire un crime. Dans ces tristes conditions, si, pour cacher qu'ils ont été malades, la reconnaissance leur fait défaut, à qui donc faut-il s'en prendre ?

A l'ignorance !

Les aliénistes le savent bien ; aussi n'en veulent-ils qu'à l'ignorance, aussi lui font-ils une guerre à outrance : dans la société en combattant les préjugés ; dans les asiles, en s'y faisant instituteurs. C'est ainsi que dans beaucoup d'asiles d'aliénés de province où la population des malades est presque exclusivement composée d'indigents, les médecins ont depuis longtemps organisé non-seulement des ateliers, mais encore des orphéons, et, — chose plus importante dont ils n'ont jamais songé à se vanter et dont je veux ici les glorifier, — des classes de lecture, d'écriture et de calcul ! Ainsi, tel malheureux qui arrive à l'asile ne sachant ni lire, ni écrire, en peut sortir un jour non-seulement guéri, mais encore *perfectionné :* il a appris à lire, à écrire, à compter ! si bien qu'en définitive sa maladie lui a en quelque sorte profité.

Qui s'en serait douté? C'est dans la folie que l'enseignement primaire, si peu répandu dans certaines de nos provinces, trouve aujourd'hui l'un de ses moyens de vulgarisation ; c'est dans les asiles, tant calomniés par les feuilles libérales, qu'est réalisé sur une vaste échelle le premier essai d'instruction gratuite et obligatoire.

Déjà même il a produit d'excellents résultats.

Voilà comment les aliénistes comprennent leur mission; voilà comment ils répondent aux attaques des *Mouches du Coche* du Progrès !

FIN.

A. PARENT, imprimeur de la Faculté de Médecine, rue M^r-le-Prince, 31.

www.ingramcontent.com/pod-product-compliance
Ingram Content Group UK Ltd.
Pitfield, Milton Keynes, MK11 3LW, UK
UKHW020422180726
13839UKWH00003B/1370

9 782329 122465